El Secreto De Santa Claus

Por Tony Cancelosi

Con John Piescik

First Person Productions, Publisher
50 S. Fair Oaks Avenue, Madison, WI 53714
Copyright © 2011 Anthony Cancelosi

ISBN 978-0-9847276-0-5

Ilustraciones: Brandy Bishop
Diseño del libro: Sarah E. White

Impreso en Estados Unidos de América.

Para mi nieta Kali Lynne

Cuando

seas mujer

Que te disfrutes de

todo lo bueno y que compartas

tu cariño con los demás en la vida.

Que entiendas que el espíritu de la Navidad

es una bendición en la vida que te dará muchos

recuerdos que apreciarás tanto. Tus abuelitos

van a recordar para siempre

tu

primera

Navidad.

Con cariño, tu abuelo

El Secreto de Santa Claus

Por Tony Cancelosi

Con John Piesceik

Un niño de cuatro años de edad llamado Anthony y su hermana Sarah visitaron a Santa Claus afuera de su taller pequeño en un almacén. Ambos estaban bien entusiasmados al ver a Santa Claus y cada uno le dio un gran abrazo. Santa Claus se sintió la sinceridad de su cariño y sonrió contentamente.

"¿Qué quisieras para la Navidad?" le preguntó a Sarah. Ella pidió muñecas y ropa para ellas y un cochecito para ellas. La madre de la niña se quedaba cerca y le dió a Santa Claus una gran sonrisa.

"¿Te has portado bien?" preguntó Santa Claus. Su madre asintió con la cabeza y una radiante sonrisa. "Claro que sí," dijo Sarah.

"De acuerdo," dijo Santa Claus. "Tu nombre está escrito en mi libro de niños buenos, y seguramente pasarás una Navidad extraordinaria." Santa Claus se volvió hacia Anthony.

"¿Y en cuanto a ti, niño?" Santa Claus vio a su madre sonriéndole y continuó. Pues, tú y tu hermana los dos están en mi libro de niños" buenos. El niño sonrió alegremente pero después parecía preocupado.

"No me he portado tan bien como mi hermana" dijo el niño. "De hecho, no la he tratado muy bien" añadió en una voz un poco más alta que un susurro. "Y no he obedecido siempre a mi mamá."

"Yo sé," dijo Santa Claus con simpatía. "A veces es difícil portarse bien, pero los niños que lo hacen lo mejor posible pasarán una Navidad muy buena, sin duda. Dime, ¿qué quieres para la Navidad?"

"Lo que más me gustaría, Santa Claus, es ser su ayudante. Vi una película sobre Ud. y los elves, y me gustaría volar con Ud. en su trineo y ayudarle a llevarles regalos a todos en el mundo." Anthony apenas podía frenar su entusiasmo.

"¡Pues, te portas muy bien, niño!," dijo Santa Claus. "No hay mucho espacio en mi trineo ahora, pero puedo llevarte si puedes adivinar mi secreto. No será fácil … casi nadie lo sabe." La madre del niño parecía un poco desconcertada y se ladeó la cabeza para escucharlos mejor.

"Será mejor si me lo susurres al oído."

El niño se inclinó hacia Santa Claus. "Su secreto es que los renos suyos pueden volar y jalar su trineo," le dijo en voz baja.

"¡Jo,jo, jo!" se rio Santa Claus. Se sonrió afectuosamente. "Pues , temo que ese secreto ha sido conocido
por mucho tiempo. Se lo descubrió en 1823 cuando
un padre de Troy, New York escribió anonimamente
un poema llamado *Era la Víspera de Navidad*. Entonces ya ves que no es el secreto mío."

"¿Me permite adivinar otra vez?" preguntó el niño.
"¿Por favor?"

"Este año, no" dijo Santa Claus. "Pero te permito intentarlo otra vez la próxima vez que nos encontremos. Ahora dime ¿qué más quieres para esta Navidad?"

El niño echó una ojeada a una lista de juguetes y juegos y Santa Claus le prometió que encontraría regalos estupendos debajo del árbol de la Navidad. Otra vez Santa Claus se sentía el cariño del niño y de su hermana, y les sonrió al despedirse.

Anthony estaba caminando hacia la puerta para salir, se paró, y dio vuelta, y miró a Santa Claus. "Entonces nos veremos el próximo año, ¿verdad?" Le preguntó con esperanza pero con algo de duda.

"Niño mío, yo no me he faltado una Navidad desde joven. Y eso fue en el siglo cuatro."

~~~ 🖐 ~~~

Aquella noche en casa Anthony le suplicó a su madre que le recitara *"Era la Víspera de Navidad."* Ella sabía un par de líneas pero tuvo que encontrar el resto del poema en un libro que su abuela le había dado. Ella les leyó a Anthony y Sarah después de acostarles.

Anthony se durmió soñando con el vuelo de Santa Claus en el trineo.

Era la Víspera de Navidad

o, Versión de una Visita de San Nicolás

(publicado por primera vez anonimamente en 1823)

Era la Víspera de Navidad, mientras que, por toda la casa
Ni una criatura se movía, ni un ratón;
Los calcetines estaban colgados con cuidado cerca de la chi-
menea,
Con esperanzas de que San Nicolás pronto llegara;

Los niños estaban acurrucados en la cama,
Mientras visiones de bombones bailaban en la cabeza.
Y mamá con su pañuelo y yo con mi gorro,
Nos habíamos decedido a tomar una larga siesta invernal,

Cuando afuera en el cesped se oyó un gran chacoloteo; Salté
de la cama para ver lo que pasaba;
Hacia la ventana volé como un rayo,
Levanté con fuerza las contraventanas y abrí la ventana,

La luna en el pecho de la recién caída nieve,
Emitía el lustre de mediodía a lo de abajo,
Cuando ¿qué debería aparecer a los ojos errantes?
Un trineo en miniatura con ocho renos pequeñitos,

Con un conductor viejo y pequeño, tan animado y astuto,
Yo sabía en un momento que debía de ser San Nicolás.
Más rápido que águilas ya vinieron,
Y él silbó y gritó y los llamó de nombre;

¡Ya Dasher!, ¡ya Dancer, ¡ya Prancer y Vixen!,

¡Andale, Comet!, ¡andale, Cupid!, ¡ya Donner y Blitzen!
¡Al techo, a la muralla!
¡Adelante! ¡Adelante! ¡Adelante todos!

Mientras las hojas secas volaban ante el viento violento,
Cuando encontraban un obstáculo, subían al cielo,
Entonces hasta el techo los renos volaron,
El trineo lleno de juguetes y San Nicolás también.

continua

Y, entonces, en un abrir y cerrrar de ojos, oí en el techo,
El brincar y piafar de cada pezuña pequeña,
Cuando retrocedí la mano y di una vuelta,
Con un brinco San Nicolás bajó por la chimenea.

Se vestía todo de pieles desde la cabeza hasta los pies,
Y la ropa estaba manchada de cenizas y hollín;
Un fardo de juguetes llevaba en la espalda,
Y parecía a un buhonero abriendo la mochila.

Los ojos, ¡cómo brillaban!, los hoyuelos ¡qué felices!
¡Las mejillas como rosas, la nariz como cereza!
La boca, chica y graciosa, parecía ser doblada como un arco,
Y la barba tan blanca como la nieve.

La boquilla de la pipa se agarraba fuertemente en los dientes,
Y el humo rodeaba la cabeza como corona,
Tenía una cara ammplia y una barriguita redonda,
Que temblaba cuando se reía como un plato de jalea.

Era regordete y llenito, y un ciertamente alegre elfo viejecito,
Y yo me reí cuando lo ví,
Con un guiño y un girar de la cabeza,
Pronto me indicó que no tenía nada que temer.

No dijo ni una palabra, sino empezó a trabajor inmediatemente
,
Llenó todos los calcetines, entonces se volvió bruscamente,
Y poniendo el dedo a lo largo de la naríz,
Y dando un gesto con la cabeza, arriba por la chimenea subió;

Él saltó a su trineo, a los renos les silbó,
Y se alejaron todos como la pelusa de un cardo.
Pero lo oí exclamar al desaparecer de la vista,

¡FELIZ NAVIDAD A TODOS, Y A TODOS
BUENAS NOCHES!"

Depués de que la Navidad había llegado y pasado, Anthony empezó a pensar si lo viera otra vez. Se acordó de que Santa Claus se había jactado de que no había faltado una Navidad por muchos siglos y le preguntó a su madre¿ qué era lo que había querido decir?

"Yo sé que empezó por ser San Nicolás," ella explicó. "Era un hombre muy santo que ayudó a mucha gente hace muchos siglos." Cuando Anthony le pidió más detalles ella le encontró un libro sobre las vidas de los santos y le leyó la historia de Nicolás, el obispo de Myra, en donde ahora es el país llamado Turquía.

"Si quieres ayudarle a Santa Claus, Anthony," dijo ella, "pienso que debes ser generoso como San Nicolás."

"Voy a intentarlo," contestó. Y lo hizo.

~ ~ ~ 🖋 ~ ~ ~

¿Quién es San Nicolás?

La verdadera historia de Santa Claus empieza con Nicolás, que nació durante el tercer siglo en Patara, un pueblo en donde ahora se llama Turquía. Sus adinerados padres, que lo criaron para ser un cristiano devoto, se murieron durante una epidemia mientras la juventud de Nicolás. Obedeciendo a Jesús a "vender lo que posees y dárselo todo a los pobres," Nicolás utilizó toda su herencia para asistir a los pobres, los enfermos y los que sufrían. Dedicó la vida al servicio de Dios y llegó a ser nombrado Obisbo de Myra mientras ya joven. El Obispo Nicolás llegó a ser conocido por toda la tierra por su generosidad en cuanto a los necesitados, su cariño por los niños y su interés por los marineros y los barcos.

Bajo el emperador romano Diocletian, quien sin piedad persiguió a los cristianos, el Obispo Nicolás sufrió por causa de su fé, fue exiliado y fue encarcelado. Las prisiones estaban tan llenas de obispos, sacerdotes, y diáconos, que no había espacio para criminales verdaderos— asesinos, ladrones, y asaltantes. Después de su liberación, Nicolás asistió al Consejo de Nicaea en el año 325 d.de C. Murió el 6 de diciembre del año 343 d. de C. en Myra y fue enterrado en su iglesia católica.

Por siglos muchas historias y leyendas fueron reveladas sobre la vida y los hechos de San Nicolás. Estos cuentos nos ayudan a entender su carácter extraordinario y las razones por las cuales es tan venerado como protector y benefactor de los 9*necesitados.

Había una historia de un hombre pobre que tenía tres hijas. En aquellos días el padre de una joven tenía que ofrecerle al esposo potencial un dote. Lo más grande el dote, lo más fácil encontrar a buen esposo. Sin dote sería improbable que la mujer se casara. Asi las hijas sin dote estaban destinadas a ser vendidas como esclavas.Misteriosamente, en tres ocasiones distintas, una bolsa llena de oro apareció en su casa, proveyendo los dotes que les faltaban. Las bolsas de oro, tiradas por una ventana abierta, se dice que habían caído en los calcetines o zapatos dejados delante de la chimenea para secar. Ésto resultó en la costumbre de los niños de colgar calcetines o dejar zapatos esperando los regalos de San Nicolás. Algunas veces se mencionan pelotas de oro en vez de bolsas de oro para relatar el cuento. Por eso tres pelotas de oro, a veces representadas como naranjas, son uno de los símbolos de San Nicolás. Y así San Nicolás es un donador de regalos.

— www.StNicholasCenter.org

Al invierno siguiente, Anthony y su madre estaban entrando en un almacén cuando encontraron a Santa Claus afuera, tocando una campanilla y colectando dinero para los pobres.

"Santa Claus!" gritó Anthony y corrió y extendió los brazos para abrazar al viejo jovial.

Santa Claus se agachó tan rápido como podía, y casi fue derribado cuando su amiguito saltó para abrazarlo. Anthony se dió cuenta de que Santa Claus parecía un poco más bajo y gordo que la Navidad pasada, pero lo quería de todos modos.

"¿Me permite adivinar otra vez ahora?" preguntó Anthony. "Me prometió que si pudiera adivinar su secreto me llevaría en su trineo."

Santa Claus se frotó la barba y sacó la pipa por un momento. Empezó a meter la mano en otro bolsillo en busca de algo pero cambió de idea y guardó la pipa.

"Pues, por supuesto, mereces otra adivinanza, si te has portado bien."

"He intentado fuertemente," dijo el niño con seriedad. "Es difícil ser bueno con mi hermana, y es difícil obedecerle a mi mamá, pero he donado dinero a la capilla de la iglesia, y he tratado de portarme bien."

"Maravilloso," dijo Santa Claus. "Estoy seguro de que vas a pasar una Navidad maravillosa." Santa Claus notó que la madre del niño parecía impaciente para salir del frío y entrar en el almacén, aunque Santa Claus y Anthony se sentían cariño por dentro.

"Entonces dime, ¿Cuál es mi secreto?"

Anthony respiró profundamente porque sabía que mucho dependía de su respuesta. "Santa Claus, su secreto es que era obispo hace mucho tiempo y empezó a dar regalos en su aldea mientras era joven."

"Jo, jo, jo," rió Santa Claus. "Eres un niño muy listo, seguramente. ¡Pues ni un niño en ciento sabe éso! Pero siento decir que no es un secreto. Cualquier persona que quiere saberlo puede buscarlo en un libro y descubrirlo todo."

Anthony se puso una cara triste. "¿Me permite adivinar otra vez el año que viene?" suplicó él.

Santa Claus le dio una mirada de simpatía y concedió con la cabeza. "Claro que sí, mi hijo. Te permito adivinar cada año, para siempre."

~~~ 🖎 ~~~

Al año siguiente Santa Claus vino a la reunión familiar navideña de la madre de Anthony. Tenía un saco grande lleno de regalos y estaba compartiéndolos entre los niños que esperaban en la cola. Anthony decidió ponerse al final de la cola.

Cuando Anthony llegó a Santa Claus, sonrió con anticipación cuando el viejo metió la mano dentro del saco y sacó un paquete

"Feliz Navidad, Anthony," dijo alegremente. "Yo sé que como niño del primer año de primaria te has portado bien, y ésto es para ti."

Ya había un montón de papel de los regalos en el suelo por los otros niños abriendo sus regalos, y Anthony abrió rápidamente el suyo. ¡Era precisamente el libro de camiones de bomberos que quería tener!

"¡Santa Claus, yo lo quiero!" le dijo él y abrazó a Santa Claus fuertemente. Mientras lo hacía se fijó en que Santa Claus parecía más alto y más esbelto que en el año pasado. Pero Anthony lo quería a pesar de éso.

"¿Ahora, me permite adivinar?" preguntó Anthony. Santa Claus le dió una mirada inquisitiva.

"Ud. le prometió hace dos años que si adivinara correctamente su secreto, podría acompañarle en su trineo la Nochebuena," dijo la madre de Anthony, y Santa Claus asintió con la cabeza de manera compasiva.

"Sí, sí, por supuesto, te permito adivinar", dijo Santa Claus. Limpió un poco el sudor de la frente. "Debes susurrarlo al oído en caso de que adivines correctamente," añadió él.

Anthony se inclinó cerca del oído de Santa Claus: "Usted utiliza magia para entrar y salir por la chimenea," le dijo a Santa Claus. "Éso es su secreto. ¡Algunos chicos piensan que es imposible, pero yo sé que es magia!"

"Jo, jo, jo", se rió Santa Claus. "¡Eres tú un niño muy listo, Anthony! Pero éso no es mi secreto. Pues, millones de niños por todas partes del mundo saben éso ya que creen en mí, y yo creo en ellos."

"Deseo que pases una Navidad espléndida," dijo Santa Claus. "Feliz Navidad, Anthony."

~~~ 🖋 ~~~

Al año siguiente la madre de Anthony no se sentía bien y su médico le dijo que se quedara en cama. Mientras la Navidad se acercaba, Anthony llegó a estar muy preocupado de que no viera a Santa Claus. Su madre no pudo llevarlo al almacén, y su padre tenía que trabajar por la noche.

Pero una noche, Santa Claus llegó sentado en la parte de atrás del camión de Bomberos Voluntarios, pintado de rojo brillante. Anthony oyó la sirena desde una distancia de la cuadra, miró hacia afuera y vió a Santa Claus sentado en la parte trasera del camión de bomberos.

Se puso el abrigo y los guantes, y corrió con su hermana para esperar cerca del borde de la acera. Cuando el gran camión con las centelleantes luces rojas se detuvo, él le saludó a Santa Claus y uno de los bomberos le dió de caramelo en papel de plástico.

"Feliz Navidad," saludó Santa Claus con la mano por encima del camión.

Anthony corrió hacia el camión y un bombero señaló al conductor del camión que se parara. "Cuidado, hijo," dijo el bombero. Pero Anthony ya estaba subiendo el camión usando la escalera.

"Tengo que hablar con Santa Claus," gritó al bombero. "¡Me prometió que podía adivinar cada año!"

Santa Claus y el bombero se miraron. Habló el bombero: "¿y qué quieres adivinar, hijo?"

"Pues, Santa Claus me dijo que si pudiera adivinar su secreto me llevaría en su trineo con él para darles regalos a niños por todas partes del mundo," contestó Anthony. "¿No es verdad, Santa Claus?"

Con un esfuerzo podía estirar el brazo hacia Santa Claus y ellos se dieron un apretón de manos. Sana sentía el cariño de Anthony, y Anthony notó el cariño de Santa por él.

"Sí, de acuerdo," dijo Santa Claus. "Pero ya sabes que mi secreto es muy difícil adivinar. Si no, nunca podría despegar de la tierra por todos los ayudantes que tendría."

Anthony no pudo susurrar al oído de Santa Claus esa vez por causa de los resoplidos del motor diesel. Casi tuvo que gritar.

"Su secreto es que Rodolfo el reno de la naríz roja es guía de su trineo en la Nochebuena," dijo Anthony.

Santa Claus lo miró con cariño pero negó con la cabeza. "Lo siento, pero mientras éso es cierto, no es mi secreto. La verdad es que eso ha sido bien conocido desde que Gene Autry grabó 'Rodolfo el reno de la nariz roja' en 1939. ¿Conoces la canción?"

"Conozco la canción," dijo Anthony. Estaba triste porque había adivinado mal.

"¿Dónde están los padres?" preguntó Santa Claus.

"Mi madre está en cama. Ella está enferma. Mi padre está lejos trabajando."

La hermana de Anthony habló severamente cuando lo oyó decir ésto. "¡Anthony, no debes hablar así con los desconocidos!"

"Pero éste no es desconocido, es Santa Claus."

Santa Claus sonrió de manera furtiva. "Entonces, dime lo que quisieras para la Navidad." Anthony mencionó un juguete llamado 'tinker toy' que quería, y Santa Claus sonrió.

"Tenemos que adelantarnos," dijo Santa, "pero yo sé que vas a pasar una Navidad muy buena."

Rodolfo el reno de la naríz roja

Rodolfo el reno de la naríz roja
tenía una nariz muy brillante.
Y si alguna vez lo vieras
dirías aún que resplendece.

Todos los otros renos
siempre se reían y lo insultaban.
Ellos nunca permitían que el pobre de Rodolfo
participara en los juegos de los renos.

Entonces en una noche navideña
llegó Santa Claus para decir:
"Rodolfo de la nariz tan brillante,
no quisieras ser guía de mi trineo esta
noche?"

Entonces todos los renos lo querían
mientras gritaban con alegría
"Rodolfo el reno de la nariz roja,
Serás recordado por toda la historia."

Anthony sonrió también y se bajó rápidamente del camión. Uno de los bomberos les dió a Anthony y a su hermana yelmos rojos de plástico.

Santa Claus apuntó algo en un cuaderno. Entonces él resonó "¡Jo, jo, jo, Felíz Navidad a todos y a todos buenas noches!" Y se fue en el camión con sus acompañantes de bomberos vestidos de pesados impermeables amarillos.

El día de la Navidad Anthony encontró el juego de 'tinker toy' debajo del árbol de Navidad. Él tenía una sonrisa radiante, "¡Fantástico! ¡Santa Claus de veras es maravilloso!"

"Santa Claus vino a nuestra vecindad este año, gracias a los Bomberos Voluntarios." Su madre le explicó a su padre.

"Ah," dijo su padre. "Entiendo."

"No dejes que yo olvide de mandarles una donación, mi vida, por todo lo bueno que hacen," añadió.

~~~ 🖐 ~~~

Al año siguiente Anthony estaba en el tercer año de la primaria. Sus maestros estaban llenándole la cabeza de ideas nuevas en el leer, el escribir, y las matemáticas. Y era buen estudiante. Mientras que la Navidad se acercaba, se dió cuenta de que muchos de sus amigos jóvenes ya no creían en Santa Claus.

Por eso, cuando oyó que Santa Claus venía a visitarlos en su propia casa, estuvo muy sorprendido. Su hermana y sus primos se emocionaron mientras el momento designado se acercaba, pero Tony, como lo llamaban los amigos, estaba un poco nervioso.La anticipación dentro del hogar llegó a ser casi inaguantable cuando el momento designado llegó y se fué.

Pocos minutos más tarde, sonó el timbre de la puerta y los niños hicieron cola enfrente de la puerta. Su padre abrió la puerta y oyeron un saludo feliz.

"¡Jo,jo, jo, y Feliz Navidad!" gritó Santa Claus. Pasó adentro y Tony evaluó cuidadosamente la ropa. La gorra de peluche roja sentaba de manera alegre en la cabeza, el vestido rojo estaba adornado de peluche blanco y un cinturón grande de color negro y llevaba grandes botas negras y suaves. Llevaba un saco grandísimo relleno de regalos. Era exactamente como había sido descrito en *"Era la Víspera de Navidad"* hasta cada detalle. Pero Tony se dió cuenta que Santa Claus tenía la piel más oscura y las cejas más oscuras que tenía en años pasados.

Cada uno de los niños pasó su vez y se sentó en las rodillas de Santa Claus. Tony podía ver el cariño que tenía su hermana por Santa Claus, y vió la alegría que tenía en los ojos. Pero no podía liberar de la mente los argumentos que sus amigos de la escuela habían presentado. Por eso dudaba a Santa Claus. De repente parecía no tener sentido adivinar el secreto de Santa Claus puesto que ya no creía en el. Decidió que solo le diría que sí, cuando le tocara a Tony pasar a Santa Claus.

"Ahora te toca a ti, Tony," dijo Santa Claus. "Me has hablado cada año desde cumpliste cuatro años, y por eso esperaba oír de ti este año." Los ojos de Tony llenaron de lágrimas. Tomó su sitio en las rodillas de Santa Claus.

Santa Claus le dió un abrazo de bienvenida. Podía sentir el cariño de Santa Claus, como lo sentía en los años pre-escolares. Abrazó a Santa Claus por eso.

"Dice en mi libro de niños buenos que te has portado muy bien este año," dijo Santa Claus. "Has trabajado duro en la escuela, has ayudado a tu mamá con el cocinar, has compartido tus juguetes con tu hermana, y has sido muy amable y cortés."

"A veces," admitió Tony.

"Pues, entonces, vamos a ver lo que tengo en mi saco para ti," dijo Santa Claus con una sonrisa. Sacó un paquete que Tony abrió rápidamente. Fue exactamente el juego de Monopolio que la había pedido en una carta a Santa Claus que su madre le había pedido que escribiera antes durante la semana.

"¡Que bueno! ¡Gracias!" gritó Tony. "Eso sí es lo que quería."

"Feliz Navidad," dijo Santa Claus.

Tony lo abrazó otra vez. Pensó en adivinar otra vez el secreto de Santa Claus, pero decidió que no preguntar.

Santa Claus lo miró esperando algo más. "¿Hay algo más, Tony?" le dijo.

"¿Bueno...?" preguntó Tony.

"No quieres tratar de adivinar mi secreto este año?"

La cara de Tony mostró sorpresa por la pregunta. "Has adivinado cada año desde que nos conocimos por primera vez," añadió Santa Claus.

Tony pensó por un momento. Decidió que sabía el secreto, y se acercó la boca al oído de Santa Claus porque no quería que los otros jóvenes fueran desilusionados. Y Santa Claus, dándose cuenta de la inquietud de Tony, se acercó la boca a los labios de Tony.

"Su secreto es que no existe Santa Claus," susurró Tony. Sentía mucho decirlo, porque si hubiera adivinado correctamente el secreto, quería decir que no habría un vuelo a bordo del trineo la víspera de Navidad. Pero era la única cosa que podía pensar a decir.

"¡Jo, jo, jo!" rugió Santa. "No, éso no es mi secreto. Estabas escuchando a la gente mal informada, Tony." Miró a Tony con una sonrisa amigable. "En cada época hay mucha gente que piensa que éso es mi secreto, pero no lo es. Sabías que el *New York Sun* investigó esa misma idea hace muchos años, y escribieron su historia definitiva. Tenía el título, *"Sí Virginia, Existe Santa Claus."* Tony todavía tenía dudas, pero contestó sinceramente. "No, Santa Claus, nunca lo he leído."

"Pues, de verdad, debes leerlo," dijo Santa Claus. "Tal vez te cambiará de opinión, y podrás adivinar otra

---

¿Existe Santa Claus?"

De la Página Editorial de *The New York Sun,*
escrito por Francis P. Church el 21 de septiembre de 1897

Nos disfrutamos con contestar así de manera prominente la comunicación de abajo, expresando a la vez nuestra gran placer que su fiel autor es considerado entre los amigos de *The Sun:*

> "Muy Estimado editor—Tengo ocho años de edad. Algunos de mis amigos dicen que no existe Santa Claus. Papá dice: 'Si lo ves en *The Sun*, es la verdad'.
>
> Por favor, dígame la verdad. ¿Existe Santa Claus?"
>
> Virginia O'Hanlon
> 115 West Ninety-fifth Street

Virginia, tus amiguitos están equivocados. Ellos han sido afectados por el escepticismo de una época escéptica. Ellos no creen en nada. Piensan que nada puede existir que no sea comprensible por la mente joven. Cada mente, Virginia, de hombres o niño, es pequeña. En este gran universo nuestro, el ser humano es un mero insecto, una hormiga, en inteligencia, comparado con el mundo sin límites que le

rodea, comparado con la inteligencia capaz de captar toda la verdad y todo el conocimiento.

Sí, Virginia, existe Santa Claus. Existe tan seguramente como el amor, la generosidad, y la devoción, y tú sabes que todo eso abunda y ofrece a la vida el nivel más alto de belleza y alegría. ¡Ay! ¡Qué aburrido sería el mundo si no hubiera Santa Claus! Sería tan aburrido como si no hubiera Virginias. No habría, entonces, fe-infantil, ni poesía, ni romance para hacer tolerable esta existencia. No tendríamos placer, excepto en el sentido y la vista. La luz eterna, con la cual la niñez llena el mundo, sería extinguida.

¡No creer en Santa Claus! Más te valdría no creer en las hadas. Posiblemente podrías convencer a tu papá que contratara a unos hombres para observar en todas las chimeneas en la Nochebuena para espiar a Santa Claus. Pero aún si no vieras a Santa Claus bajándose por la chimenea, ¿qué probaría eso? Nadie ve a Santa Claus, pero éso no indica que no existe Santa Claus. Lo más verdadero en el mendo es lo que ni niños ni hombres pueden ver. ¿Nunca has visto a hadas bailando en el césped? Claro que no. Pero éso no es prueba que no estan. Nadie puede concebir ni imaginar todas las maravillas ocultas e invisibles en el mundo.

Al abrir el cascabel del niño, se verá de donde viene el ruido, pero hay un velo que cubre el mundo invisible. El poder de un hombre solo ni el poder de todos los hombres juntos sería capaz de deshacer ese velo. Solamente fe, fantasía, poesía, amor , romance, pueden apartar aquella cortina y ver y pintar la belleza sobrenatural y la gloria del más allá. ¿Es todo la realidad? Ah, Virginia, en todo este mundo no hay otra cosa mas verdadera y duradera.

¡El mundo sin Santa Claus! ¡Gracias a Dios, vive! Y vive para siempre. Mil años desde ahora. Virginia, no, diez veces más de diez mil años desde ahora seguirá dando alegría al corazón de los niños.

vez algún día y ser mi ayudante." Santa Claus le dió un fuerte abrazo y Tony sintió su cariño.

Después de que la hermana de Tony habló con el viejecito, Santa Claus salió por la puerta principal tal como había entrado. Los padres de Tony lo acompañaron por la puerta hasta la terraza. Tony se apretó el oído a la puerta y escuchó las voces calladas de sus padres dándole las gracias a Santa Claus. Sus padres dieron un paso atrás y entraron en la casa.

Tony y su hermana corrieron hasta la ventana y miraban a Santa Claus mientras salía de la casa. Nevaba mucho. Una perfecta escena navideña. Tony miró

intentamente esperando a ver si Santa Claus entró en un coche o se salió volando en un trineo, pero por causa de la nieve, Santa Claus sólo desapareció en la nieve.

Nunca volvió a ser igual para Tony cuando Santa Claus vino a visitar su casa otra vez. Al año siguiente Santa Claus regresó y parecía como si hubiera saltado del poema otra vez, y le regaló a Tony el radio transistor que quería.

Y entonces llegó la hora de su adivinanza anual del secreto de Santa Claus y otra vez susurró al oído de Santa Claus.

"Santa Claus, es usted el espíritu de la Navidad."

"¡Jo jo, jo!" rió Santa. "Anthony, estás muy cerca ahora y pronto vas a resolverlo. Pero, no, no soy el espíritu de la Navidad, aunque puede ser que simbolice ese espíritu. Hay algo más cerca del corazón de la Navidad que Santa Claus."

Y le dió a Tony un abrazote. Depués de que Santa Claus había salido, Tony no se preocupó por mirar desde la ventana ni escuchar por lados campanillas del trineo sino pensaba en el secreto de Santa Claus.

~~~ ✍ ~~~

Pasaron muchos años antes de que Anthony encontró a Santa Claus otra vez. Había terminado sus estudios en la escuela primaria, graduado de la escuela superior y avanzado a la universidad donde recibió su licenciatura con distinción. Esa Navidad se había enamorado profundamente de una señorita llamada Lynne, y ella lo acompañó a la fiesta de su compañía en un hotel de lujo cerca del mismo almacén donde había encontrado a Santa por primera vez.

Estaban bailando y disfrutándose en cada momento. Le sorprendió cuando entró Santa Claus. La banda tocó "Aquí viene Santa Claus" y las luces del escenario se enfocaron en una puerta al lado. Entraron dos elves vestidos de blusas y camisas emparejadas de lentejuela verde, y entonces entró el viejo mismo. Parecía de perfecta salud.

"¡Jo, jo, jo—Feliz Navidad!" saludó alegremente. Le puso la pipa en el bolsillo y estaba rodeado por admiradores.

Anthony observaba mientras muchas de la mujeres que bailaban se agruparon y abrazando a Santa Claus. Santa Claus las abrazó a todas dándoles a cada una un gran abrazo y pasó un momento platicando con cada una. Anthony estaba asombrado por la manera en que el niño dentro de cada adulto parecía brillar en la presencia del viejo jovial.

"Vamos a hablar con Santa Claus," pidió Lynne, tirándole el brazo. Él no pudo resistir.

Santa Claus le dió a Lynne un fuerte abrazo y hablaron en voz baja por un momento. Cuando Santa Claus le preguntó lo que quería para la Navidad, ella susurró al oído y él asintió con la cabeza. "Haré lo mejor posible," dijo Santa Claus. "Feliz Navidad."

Entonces volvió hacia Anthony. "Feliz Navidad," gritó, y extendió los brazos. Anthony pasó adelante y abrazó a Santa Claus sinceramente. Por un momento recordò el mismo abrazo cariñoso que había tenido a la edad de cuatro años sentado en las rodillas de Santa en el Polo Norte. Casi resultó que apareció una lágrima al ojo, pero Anthony estaba demasiado adulto para éso. La música del salón de baile se hizo muy alta y Anthony tuvo que ponerse muy cerca de Santa Claus para que se oyeran.

"Puedo ver que querías a Santa Claus como niño," dijo Santa Claus afectuosamente. "¿Dónde nos encontramos por primera vez?"

"Fue en un almacén cuando tenía cuatro años. Lo que quería más que nada era ser su ayudante. Me dijo entonces que si pudiera adivinar su secreto, podría ser su ayudante, y volar en su trineo alguna noche navideña."

"Y nunca adivinó, ¿verdad?" dijo Santa Claus.

"Casi adiviné cuando tenía ocho años," dijo Anthony. "Adiviné que era el epíritu de la Navidad."

Santa Claus le miró amistosamente. "Ay, ésa fue una adivinanza buena," dijo, asintiendo con la cabeza. "Ha pasado mucho tiempo. ¿Quieres tratar otra vez?"

"Por supuesto," dijo Anthony. "¿Por qué no?" Así susurró al oído de Santa Claus. "Su secreto es que Jesucristo vive en nosotros todos."

Santa observó el cuarto lleno de adultos bailando y celebrando. Sonrió a Anthony. "Sí."dijo. "Éso es mi secreto."

Santa Claus asintió con la cabeza. "Has adivinado correctamente, y ahora eres mi ayudante. Entonces tengo que decirte algo, y espero que pienses bien.

Pero primero quiero que me digas lo que quieres para la Navidad."

Anthony miró hacia su hermosa novia, quien miraba a todos divirtiéndose. "Santa Claus," dijo, "quiero estar tan contento por toda mi vida como estoy esta noche."

Santa Claus lo miró. "Éso es algo difícil, pero haré lo mejor posible," dijo con brillo en el ojo. "Ahora te voy a revelar otro secreto."

Susurró al oído de Anthony. "Lynne quiere un anillo de prometida para la Navidad."

Anthony reprimió un jadeo, y los ojos llenaron de lágrimas. "¿De veras?" preguntó.

"De veras", dijo Santa Claus. "Y no pienso que vaya a pasar una Navidad buena sin el anillo."

"¿Está seguro?"

"¿Cuánto tiempo hace que hago ésto?"

"Desde el siglo cuatro," dijo Anthony "Es usted San Nicolás, después de todo."

"Pues entonces, cree en mi," dijo Santa Claus. "Piénsalo. Pero nunca, jamás, debes decirle que yo te lo dije."

Aquella noche Anthony soñó con volar en el trineo de Santa.

Anthony observaba mientras Lynne escogió un paquete grande de debajo del árbol en la casa de los padres de ella y no pudo evitar de ver que ella estaba desilusionada cuando vió que era de él.

Ella lentamente y cuidadosamente quitó el papel de regalo y buscaba señales que le indicaran el contenido del paquete.

"¡Ay, éste está pesado!" dijo ella. "¿Algunos libros, quizás?"

"Nunca he encontrado un volumen de poemas de amor que te sirvan suficientemente," dijo Anthony de manera traviesa. "Ábrelo."

Adentro encontró una caja pequeña, y dentro de esa cajita un anillo de diamante, y su propuesta de matrimonio escrita en una pequeña tarjeta blanca.

Y ella gritó: "¡Es exactamente lo que quería! ¡Sí, sí, yo me casaré contigo!"

Y de repente Anthony sabía que iba a ser, sin duda, el ayudante de Santa.

~~~ 🖉 ~~~

Santa Claus llegó a ser muy importante para la familia de Anthony con el pasar de los años. Sus hijos, Mark y Andrew, fueron visitados por Santa Claus durante los años de juventud, y todos llegaron a conocer y querer al espíritu de la Navidad. Y por supuesto, cada Navidad llevaba memorias alegres a los esposos mientras ellos recordaban aquella Navidad cuando los sueños de Lynne se convirtieron en realidad.

Fiel a su palabra, Anthony nunca le preguntó a su querida esposa si realmente le había dicho a Santa Claus que ella quería un anillo de prometida. Siempre sería uno de los secretos de Santa Claus.

FIN

CPSIA information can be obtained
at www.ICGtesting.com
Printed in the USA
BVHW011738291021
619995BV00001B/2